화려한 유혹

조미경 시집

시음사
시사랑음악사랑

자연에서 문화예술을 노래하는 시인 조미경

문화예술을 한다는 것 그것은 인간의 가장 기본적인 행동이며, 또한 자신의 정신건강을 만들어 가는 일이기도 하지만 자신을 발견하는 일이기도 하다. 남다른 생각 뛰어난 감각 그러면서도 창의적인 사고로 인간의 삶을 기본 바탕으로 하여 인간 내면을 품어 세상을 보고 세상을 알아야 자연의 아름다움도 볼 수 있는 사람이 문화예술인으로 삶을 살 것이다.

조미경 시인의 시집에는 세 가지의 삶이 아르 브뤼(art brut) 형식의 그림처럼 시집에 채색되어 있다. 어떤 그림은 세련되지 못하고 미숙해서 친숙하고, 그런가 하면 극사실화를 보는 듯 빈틈없이 잘 그려진 세상을 보는 것 같다가도 판으로 찍어 놓은 듯 사람이 살아가는데 필요한 공식을 화선지에 그림을 그리듯 시를 그리고 있다.

요즘 들어 다원 문화예술이란 단어를 자주 쓰게 된다. 바로 조미경 시인처럼 다재다능한 실력을 갖춘 시인이 많아지기 때문이다. 그림도 수준급이며 벨리댄스, 메이크업, 시낭송, 대한창작문예대학을 졸업할 만큼 문화예술 분야에서 보기 드문 다원 문화예술인이다. 외국에서 오랜 삶을 살다 귀국해 이제 "화려한 유혹"이란 제호로 고국의 독자를 찾아 새로운 삶을 시작했다. 삶과 사랑, 희망으로 엮은 조미경 시인의 첫 시집에는 어떤 예술 감각을 가졌는지를 잘 보여 주고 있다. 활발한 활동으로 조미경 시인만의 독특한 예술세계를 보여 주길 바라며 기쁜 마음으로 추천한다.

사단법인 창작문학예술인협의회 이사장 김락호

시인의 말

시를 공부한다는 것은 위대한 천재적
재능을 발견해 내기 위한 수단이 아닙니다. 그것은 다만 자
연과 사물의 아름다움을 추구하기 위한 성실 근면한 하나
의 과정일 뿐입니다.

시를 사랑하는 우리 모두는 이 같은 진실에 다가서는 길에
들어서서 자신이 무엇인가를 다시 발견해 낼 수 있도록 치
열하게 노력할 따름인 것입니다. 그러한 저는 소박한 마음
으로 시를 집필하면서 기쁨을 느끼며 희망을 가지고 제1집
"화려한 유혹" 출간할 수 있도록 힘이 되어준 사랑하는 남
편에게 감사한 마음을 전하고 조금씩 다가서며 빛을 선물
하는 시인이 되겠습니다

시인 조미경

QR 코드   스마트폰으로 QR 코드를 스캔하면
시낭송을 감상할 수 있습니다.

 제목 : 내 사랑 진달래
시낭송 : 최명자

 제목 : 내 삶의 연출가 카메라
시낭송 : 박태임

 제목 : 내 속의 나
시낭송 : 박영애

 제목 : 들꽃 이야기
시낭송 : 박순애

 제목 : 별이 된 흔적
시낭송 : 박영애

 제목 : 아버지의 발자국
시낭송 : 박영애

 제목 : 가을걷이
시낭송 : 최명자

 제목 : 사랑의 마음
시낭송 : 박순애

 제목 : 인생은 시계처럼 돌고
시낭송 : 박영애

 제목 : 화려한 유혹
시낭송 : 김지원

조미경 화가, 시인, 시낭송가

제천 출생
캐나다 아티스트 이민(25년)

제천 미당 갤러리&카페 대표이사

대한문학세계 시 부문 등단
(사)창작문학예술인협의회 정회원
대한문인협회 서울인천지회 정회원

대한창작문예대학 제7기 졸업
문예창작지도자 자격 취득
대한창작문예대학 졸업 작품 경연대회 동상
한 줄 시 짓기 공모전 장려상 (2017)
대한문인협회 금주의 시 선정(2017년 6월 4주)
한국 시낭송 전국대회 은상

K뷰티국제대회
힐링 마사지/그랑프리
림프마사지/그랑프리
피부마사지/대상
발마사지/교육부장관상

(사)국제재활레크에이션연맹
일반레크에이션 지도자 (1급)
웃음코칭 지도자 (1급)
(사)세계뷰티문화진흥원
뷰티두피분석사 (1급)

〈공저〉
대한창작문예대학 졸업작품집 "비포장길"

목차

10 화려한 유혹
12 인연
13 비밀 속 비 오는 날
14 추억
15 나비는 꽃에
16 여백은 내게 없다.
18 촛불
19 내 사랑 진달래
20 꿈의 동행
21 그리움

22 아버지의 발자국
23 별이 된 흔적
24 가을비
25 너에게 하루를
26 아름다운 침묵
27 편지
28 민들레
29 간이역
30 타사의 정원

31 익어가려니
32 그릴 수 있다는 건
33 생일
34 살다 보니
35 초연
36 마중이
37 길 그리고 나
38 속삭임
39 기다림

40 기대
41 여정
42 그곳
43 별수 아 꼴
44 비움
45 Change
46 살면서
47 작약
48 눈꽃
49 오미자

50 너는 아는냐
51 들꽃 이야기
52 길
53 무궁화 꽃이 피었습니다
54 30층
55 그림
56 이별
57 선택
58 맛

59 세상 한복판
60 가을걷이
61 의미
62 살다 보면
63 존재
64 변화
65 울림
66 나 위한 시간
67 꽃 청바지

목차

68 눈을 감아 보니
69 해바라기
70 가을 사랑
71 6월의 향기
72 하루
73 소리새
74 나이아가라 폭포처럼
75 준비
76 혼자 떠나는 여행
77 사노라면

78 무엇을 가져가랴
79 마음 안에 있더라
80 묻지 마세요
81 추억있기에
82 물레방아
83 산정호수
84 불꽃
85 바람의 새
86 환희

87 기억
88 장미
89 비 오는 밤
92 겨울 여행
93 가시넝쿨
94 가치
95 꿈의 이정표
96 잠자는 영혼
97 지나간 사람들

98 고독
99 눈이 왔어요
100 누군가 그리운 날
101 그림자
102 사람들
103 쑥대밭
104 동네 빵집
105 물은 흐른다
106 추억
107 세월

108 소통
109 틈새
110 누군가
111 봄날 찾아온 봄비
112 장기자랑
113 짝사랑
114 언덕 위 하얀 집
115 갈등
116 할미꽃
117 고무신

118 황기
119 내 삶의 연출가 카메라
120 연꽃
121 들국화
122 옛 살비
124 내 속의 나
125 사랑의 마음
126 인생은 시계처럼 돌고
127 꽃이어라

화려한 유혹

저 산 넘어 석양빛 노을
살랑이는 눈길
뽐나게 흔들 거리 건만
요동치는 발걸음은
어디 움트는가

한집 처마 자락
비 오듯 내리쬐는
영롱한 유리창
달 그림자 울릴라
풍금 울려주거늘

빌딩 숲 사이사이
커튼 옆 꽃노래
바퀴 굴려 아장아장
담 넘어 가자 하거늘

잠자는 강아지
귓가 맴돌아
매미 소리 밤안개
아침 초록 그물망
여울진 잔딧불
오로라 되거늘

초록 향기 얼룩말
살랑살랑 춤추며
말 바퀴 달구지
쬐랑 쐬랑
어하여 디여 어히여 디여
화려한 유혹 속
달려가 보자꾸나

제목 : 화려한 유혹
시낭송 : 김지원

스마트폰으로 QR 코드를 스캔하면
시낭송을 감상할 수 있습니다.

인연

하루를 살아도 나 그대
인연이었기에 기쁘오

한 시간을 보내도 나 그대
함께 했기에 행복하오

소중한 인연이 되어준
당신이 있기에 나 감사하오

하루가 천 년이었기에
당신 만난 시간 나 사랑하오

비밀 속 비 오는 날

비 오는 오후
막걸리 파전
길 가는 나그네
함께 하면

어히야 디야
인생 뭐 있나
오늘보다 좋은 날

세상에 나만 아는
비밀 얘기 털어놓고

꽃피는 봄처럼
비 오는 오후
빨간 볼살 비비며
한잔 더 걸치니
부러울 게 없구려

추억

뭇 새 울어 돛단배
안개 사이 빛
감추네

낙엽 꽃필 때 산 끝자락
허리 돌아 물망울
느끼노라

하얀 눈 두 발자국
소리 없이 다가와
뒤 그림자 되어주네

나비는 꽃에

당신이라는 꽃잎에
이슬처럼 앉아 있어요
털어 내지 말아요

아침 햇살 돌아올 때
이슬방울이 사라진 이유를
더듬이는 알아요

무심한 입술에 꽃가루
털어놓고 꽃망울 밝혔어요

여백은 내게 없다.

느슨한 언저리 빈 곳 채워지는
열차 속 나열은 앞 가리고
멍하니 앉아 있기만 하다

여백의 공간 그리고 싶어
떠나 왔건만 허전한 이곳
산 그림자 마음 태운다

흰회색 나무 틈 사이 비집고
들어가 꽉 찬 마음 바람에
맡기며 뒹굴고 싶다

맞추려 해도 맞지 않은 여백
찾아간 열차 행렬 했건만
다음 칸이 궁금해진
싸늘한 마음 놓을 곳 없다.

비우고 내려놓고 살아 있어도
죽어 살기 위해 녹여진 마음
위로받기 원한 나
마음 무겁고 여유 찾기 어렵다

허전하지 않고 외로워하지
않으며 나는 나를 기다리는
바람이길 원한다

눈물이 바다가 되었다

가는 그곳 떠난 그림자 없는 곳이
없기에 하늘 아래 높은 곳
초막 지으며 가련하다

수평선 같은 그대 만나러 떠나
보아도 돌아온 빈자리 고독하다

돛단배 닻 올려 달고 눈물이
바가 된 그곳으로 먼저 간
여백을 비우려 한다

내게 없는 여백은

촛불

밝혀 줄 무엇이 있기에
너는 너의 몸을
그리도 태우느냐

네 속에 있는 너는
내가 아직 모르는데
너는 불기둥 만들며
타오르게 하자 하는구나

내 안의 또 다른 내가 사는데
네 몸의 살을 태우면서
나에게
어둠을 밝혀 주려 하는구나

내 사랑 진달래

산허리 돌아
영글어진 꽃망울
첫눈에 반해 버렸네

뒤엉켜진 가지 사이
비집고 나와
점박이 꽃송이
자랑하네

알알이 영글어진
풍만한 가슴
연분홍 립스틱
진달래 향기
외롭다 짝지었네

둥지 틀며 손잡아 주는
내 사랑 진달래

제목 : 내 사랑 진달래
시낭송 : 최명자

스마트폰으로 QR 코드를 스캔하면
시낭송을 감상할 수 있습니다.

꿈의 동행

봄 햇살 따라
꿈의 찻집 그리며
마음 내려놓고 달려간다.

비좁은 작은 탁자, 간이 의자는
오랫동안 기다렸다며
눈 맞추며 웃는다.

같은 마음 안고 찾아온 늦깎이 동기생
비밀 속 찻집은
서로 다른 색으로 섞여
이야기하며 시를 짓는다.

새록새록 피어나는
숨 쉬는 시어와 7기 동기생은
어느덧 짝꿍이 되어
넉넉한 찻집 인연 되어 함께한다.

그리움

잔잔한 호수에 음표처럼
떠 있던 작은 배 한 척의 고요함
엄마 품처럼 평화롭고
포근해 보이던 한여름 밤
꿈을 그리며

아버지의 발자국

호수는 낙엽을 한가롭게 희롱하고
나룻배 한 척 진종일 발목이 묶여있다
노을이 기울고 외로운 창가에 달빛이 마실 올 때
신명 나는 춤사위와 노랫가락은 바람 타고 흐르고
아버지의 이마엔 구슬땀이 비 오듯 쏟아진다

신명 나는 판이 끝나면 공허한 삶들은
썰물로 낮아진 해수면처럼 뒤안길로 접어든다
아버지의 목소리는 이마의 주름살처럼 깊어지고
쉼 없이 흘러간 시간의 바늘이 지나간 모래톱 위에
보름달보다도 크게 남겨진 외로운 아버지의 발자국

제목 : 아버지의 발자국
시낭송 : 박영애
스마트폰으로 QR 코드를 스캔하면
시낭송을 감상할 수 있습니다.

별이 된 흔적

말없이 간 그 시간 마지막이었다

외로움 옆에 앉아 놀던 밤들과
피맺힌 눈물의 절규가 없었다면
세상의 탁류 속에
떠내려가고 말았을 것이다

등불 되어 매달려 있는 남겨진 추억
갈 수도 없고, 올 수도 없는 멀고 먼 하늘에
별 하나가 빛으로 구름 선반 위에 별의 흔적을 남긴다

제목 : 별이 된 흔적
시낭송 : 박영애
스마트폰으로 QR 코드를 스캔하면
시낭송을 감상할 수 있습니다.

가을비

연둣빛 새싹으로 태어나 흐트러지게 푸르다가
울긋불긋 갈아입은 단풍잎 사이로
촉촉이 내리는 비로 나뭇가지들은 파르르 떤다

제빛을 던져버리고 노랗게 변한 아쉬움이
머문 청춘에 대한 단풍의 화려함보다
낙엽의 엄숙함이 가을비 속에 젖어 든다

너에게 하루를

쓸쓸한 마음으로 얼룩진
석양빛 노을 침묵 옆에
앉혀놓은 독작의 밤을 그린다

눈도 없고, 귀도 없고, 입도 없는
너를 만나 지친 하루를 밤새
털어놓고 바다가 갈라진
새벽을 일으키며 미소로
손잡아 주는 하루를 너에게

아름다운 침묵

연두색 물결 속 울퉁불퉁한
몸들을 한아름 안고 서 있는
저 고목은 여리고 보드라운
새 옷을 갈아입고 지친 몸
쉬어가라며 그늘 만들었습니다

흰 구름 베개 삼아 하늘 이불 덮고
멀어져간 추억의 고요함으로
쏟아지는 햇살 가려주는 커튼의
여백에서 침묵의 아름다운
자연의 겸손함을 알았습니다

편지

ㄱ을 적고 ㄴ을 적으며 마음 담아
안개 걷힌 수평선을 바라보며 언젠가
가야 하는 그 길 앞에 머문다

허수아비처럼 등이 굽은 육신
촉촉한 마음을 헤집어 전할 수
있는 편지를 쓴다

민들레

아지랑이 옹알거리는 햇살 머문
곳에 솔바람에 안겨 온 민들레 씨앗
꼼짝없이 안착하고

흔들리며 피는 외로움이
너를 부를 때 그리운 추억 앞에
아련한 시선을 보내며 사랑의
꽃망울 터트린다

노랗게 피어나며 산길 걷는 외로움에
손 흔들며 하얀 꽃 홀씨 되어 날려줍니다

간이역

평행선인 철로는 삶을 말하듯이
저만큼에서 모이고 기차는
산허리를 돌아 모습을 감춘다

소라껍데기처럼 속이 빈 엄연했던
기억들 그립다고 말할 수 있을까?

가랑잎 풀잎 사이 내려앉아 허공에
거대한 물음표를 던졌지만 답이 없다

쉬어가는 간이역이 있을 뿐

타사의 정원

꽃씨 날이라며 찾아간 작은 오두막집
촛불 연기 향 내음 흔들의자
타오르는 무지개 말없이 다가온다

나뭇짐 허리 질끈 올려 땅거미
소리 맞춰 콧노래 꽃씨 섞어 버리며
굴뚝 연기 향 피우고 새소리 바람 언덕
들꽃 이야기 꽃송이 손뜨개질 장단 맞춘다

몽당연필 위로하는 데로 마주친 향불
작은 마음 축제 되고 한땀 한땀 움직이는
시곗바늘 하얀 원피스 꽃향기 선물 주고
아무도 모르는 타사의 정원 만들어 준다

익어가려니

솔개 물방울 한없이 울어 어느새 한여름 밤 다가와
창틀 방충망 들려오는 알 수 없는 기적 소리
알고 나니 눈먼 아득한 새벽종 소리 눈 뜨게 한다

가려진 물안개 물레방아 마중물 되고 내 사랑
꽃잎 노을 산자락 숨 쉬게 하고 고개 숙인 담뱃대
손가락 저울 손끝 입 맞춘다

지저귀는 옛이야기 오늘 하자며
고갯마루 우리 집 굴뚝 연기 코끝 어랑 다리랑 뛰어도
내일 나이 알 수 없고 익어가는 소리 숨 쉬라고 한다

그릴 수 있다는 건

행복 찾아 가보니
엉겅퀴 가시밭 섞여진 콩 반죽
가시밭 아니 갈 수 있는가?

세월아 내 행복 어디에 있는가?
그리운 설움 찾아보아도
내 안에 있는 고향 멀기만 하다

마음 가는 그곳 붓끝 춤추고
몸으로 선 멈추고 여백을 흔들어
돌담길 그리며 눈물 닦는다

생일

첫울음 소리 기적 울리는구나

심연 저 끝 흐르는 기적
소리 들려주는구나! 어디에서 왔니
울음소리 감미롭다

장미꽃 넝쿨 진 향기 온몸 휘감고
말해 주고 태어나 줘 고맙다

숨 쉬고 살아 있는 나
살아 있다 답해주며 너
사랑한다 두 손 모아준다

꽃송이 덩실 춤추는 나
바람 입맞춤해주는 너
파도 소리 들려준다

살아서 잘살아 보자고

살다 보니

살아보니 어둠 속 터널 지나
새날 딴 세상 한복판에 서 있다

살고 보니 칠흑 같은 어둠 내 세상 되어
살고 나니 꿈속 그림 내 것 되어 있었다.

살다 보면 어느덧 50 고개
산 너머 할미꽃 고개 들며
숨 쉬며 일어나 깨어서 책임지자고

살아 있으며 감사하고 숨 쉬니 고맙고
보이니 기쁨 속 꽃송이 되어 난다

초연

초록 향연 귓가 맴돌 때 떨리는
손잡아 주고 산기슭 떠돌 때
까슬까슬한 마음 안아 주었다

향 내음 얼굴빛 나그네 설움 묻어 주고
떠돌며 바위 속 향기 찾았고
고목 기대며 풍선 떠돈다

연꽃잎 비 맞으며 무지에 향연 기다리고
하루살이 초심으로 돌아가

눈 녹듯 지나간 옛이야기 내일 맞이하며
함박꽃 눈감고 눈 오는 소리 듣고 귀 닫고
내 속의 또 다른 나 들으며 눈뜨고
하늘 물 비율 흐르는 연가
나 살아생전 잘 살다 가련다

마중이

우리 집 마중이 반갑다고
두 다리 나란히 하고 달려라.
렛쉬 푸른 들판 달리며
꿈 많던 타임머신 타게 해준다

봄 여름 가을 겨울
흐르는 물은 말 없듯이
마음 문 깊은 속되었기에

비 바람 안개 낙엽 눈
녹아 내려진 산 그 자리 말한다 한들
알아주는 이 없어도 내 안에 별나라
달님 되어 해님으로 답해주잖니

언제나 마중 나와준 우리 집
마중이 대답해주네

멍멍멍비

길 그리고 나

두길 앞 어디로 향해 가야 하나
내길 가는 그곳 돛 올려 파도타기 손끝 스친다

한발 두 걸음 나룻배 출렁거리니 어디로 향해
등불 올리나 길 가는 그곳 웃음 되네
숲 찾아 숨 쉬이 꽃바람 불어온다

물길 갈라 네 곳 된 언덕 넘어 갈바람 타는 사랑 밀려온다

속삭임

그리워하던 추억 이별 속삭여 주네 보고 싶다고

아른거린 그 날 안개비 속 우산 이슬방울
속삭여 주네 안아주고 싶다고

한 걸음 두 걸음 다시 돌아봐도 밭고랑 논두렁
그 자리 맴돌아 이슬 너울진 방울꽃 춤추고
그리운 속삭임 양 볼 사이 사랑하라고

기다림

뒤 돌아온 길 귓전 들리는 소리 마음 조아려
눈빛 여울 숨죽여 오려나 발걸음 소리

몸 누워 뒤적뒤적 오장육부 꿈틀거린
잔뼈들 꿈틀거린 근육 이제 오려나
저 제나 오려나 기다린 탐험 맞이하니

동공 열린 의식 깨어나 살았기에 나 여기 있노라
가던 길 멈추고 숨소리 듣고 보니 살다 가는 그곳
어디 찾나 가는 기다림

기대

꽃망울 터지던 날 그대 손길 새끼 새 나뭇가지 흔들거리던 날
님 내게 오려나

땅속 비집고 피어오르던 날 옷깃 마주하려나
별 하나 노랑 병아리 꽃 내게 와 주려나

잿빛 하늘 아지랑이 비바람 되던 날
동그란 원 그리며 나 사랑해 너 말해 주는
봄 기다려야 오늘 초록 여울 파도 입맞춤해준다

여정

봇짐 질끈 메고 가는 그 길 반겨줄 나그네
내 사람 되어 있고 어디로 향해 가야 하나
숨 막히는 사람 숨어 사는 인생 보듬어
봇짐 풀면 가슴 속 스며든다

삶 속 언덕 넘어 반복된 그늘 이렇게 살고
싶지 않기에 여정 가는 그 길 따라 왔건만
어찌하여 곡소리 울려 퍼지는가

내 사랑 끝은 하얀 민들레 날아가는 홀씨
어느 땅에 묻히려나 살아서 살고 싶은데
살아서 죽는구나 얼음장 인생 언제나 녹으려나

갑옷 입고 무장하고 방패 된 하늘빛 그리워지고
떠나는 인생 춤추고 살고 싶은데 곡소리 마음 안에 있구나
여정아 날 놓아다오

그곳

어디에 솔 방죽 꽃길 되어있나
가는 그곳 나그네 턱 마루 기다리고
그 길 향기 책임진다

옷가슴 여미며 한 길 뒤로 물러서니
낙엽 되어 흩어지네!
세월 가는 그곳 고향 등대지기 세상 한복판
님 계시니 길잡이 종이배 되어준
하루살이 네 곳 찾아 떠난다

별수 아 꼴

안개비 자욱한 별꽃 소리 요란하다
오늘 지나면 내일 오는 것을 뭐가 그리도 울렁이냐

하늘 별 보고 마음 흔들며 흐르는 물속 담가 지더냐?

별 따다 마음에 넣고 비춰보라
땅 위 두 다리 고개 아니 넘는 이 없거늘

다 부질없는 한숨 소리 별 내려진 물속 바라보며
오늘에 말해보아라 내일 잘 살고 싶다고

별수 아 꼴 내린 은하수 산 여울 된다 하니
세상사 놓고 버리고 가라 한지라 한 송이 별 되라고

비움

속마음 털어놓고 한걸음 무게 덜어준다

마음 내려놓고 두 걸음 걸으니 한 발걸음 가벼워진다

사는 만큼 채워진 고집 집착 비워 돌밭 짐
한 발자국 옮기니 다른 발 후들거린다

두 다리 무게 내려놓고 큰 바위 누워 비우자
비운 그 자리 산장 콧소리 밤새 매미울음
인생에 채워주라 만든 자리 나이만큼 비워주라!

비운 그 자리에

Change

바꿔본다.
이름부터 그럼 마음 달라지겠지

흠뻑 물오른 강아지꽃 기다리고
노란 개나리꽃 잔뜩 기대한다

새롭게 툭 나오는 초록 새싹
나뭇가지 넘실넘실 흔들어 준다

눈뜬 마음 변화하려 갈망 속 내음
뜨거운 태양 아래 숨소리 들어본다

빛이 되어 향기 나는 소리 들려 올 때
온전히 Change 되길

살면서

살면서 파도타기 하더라고

힘들 땐 기도도 뭐도 오지 않더라고

강물 흐르듯 내일 오면 어제가 아니더라고
또 내일 오면 지옥 같은 어제도 지나가더라고

살면서 느끼는 거미줄 같은 쇠사슬 가슴속
멍에만 씌우지 말고 가면 살날 오겠지

희망이란 범죄도 다시 찾음 눈 녹듯 마음 춤추더라고

작약

영롱한 하늘 구름 날리며 사라지니

꽃 중의 꽃 아름다움 자랑하며
절세미녀 양귀비도 활짝 핀 몸 취해
온갖 근심 사라진다

이리 봐도 저리 봐도 예쁘오
서 있는 자태 영글었더라

열정 속 숨은 뒤 단아한 웃음 함빡
새롭게 피어나 손잡아주네!
그대는 수줍은 부케 소녀라고

눈꽃

아픔도 슬픔도 괴로움 눈 녹아내린다

고통도 원망도 지나온 과거도
지금도 미래도 눈 내린 그 자리 되었다

선택도 눈 속 묻어 두니 흐르네!
강물 되어 눈꽃 날려 준다

오미자

칭칭 잘도 감아 하얀 자그마한
그대는 오미자 꽃대

꽃피고지고 하얀 겉 속 들여 보오 하니
빨간 볼 내밀며 그대는 오미자 열매

주렁주렁 포도송이같이 자라도
나 오미자라

너는 아는냐

바람아 너는 아느냐 왔다가 눈뜨면 가는 것을
구름아 너는 아느냐 식어가는 살갗
녹는 마음 안고 가는 것을

하늘아 구름 가고 바람 부는 까만 언덕
별 자락 솔밭 되어 가는 것을
해 뜨는 달 소리 너는 아느냐
가는 인생 멈추게 하는 것을

살아서 꽃 되어 별하늘 소리 알고 살맛 나게
살고 지면 눈감아 숨 멈춘 그 순간 입가 미소
띄울 것을 빼들아 너는 아느냐

눈 보고 귀 열고 입 맞추며 가노라면
어느새 흰머리 파랑새 뒤엉키고
몸은 산 넘어가고 마음은 물 위 떠 있고
어찌하여 하나 되지 않았느냐

파도 타고 가는 세월 목줄 풀어 놓았느냐
어이하여 모르는 척 버려진 마음 되었느냐
한없이 물어본들 떠나보내려 하는 것을

너는 아느냐

들꽃 이야기

너는 들에 핀 꽃 이야기 말해주고

살아서 숨 쉬고 있을 때도 향기로
휘감아 쉬어 가게 하노니

싸늘한 찬 공기 잔잔한 음악
어디선가 들리는 나팔소리

소나무 숲 사이사이 작은 불꽃들
무엇을 놓고 이야기하랴

걸음마 손아귀 잡아주고
짚신 만들어 나룻배 되던
고향 꽃마음

움트고 피어나는 나리꽃 향기
찾아갈 수 있으려나

나는 들꽃 이야기 나누고 싶어라

제목 : 들꽃 이야기
시낭송 : 박순애
스마트폰으로 QR 코드를 스캔하면
시낭송을 감상할 수 있습니다.

길

어디로 갈까?
그곳 어디기에
목마른가?

바람 소리 된 길
파도 흔적 파고든 길
마음 후벼 골 파진 길

어디로 향해 가야 하는가?

때론 기쁨도 만나고
때론 슬픔도 만나고
걸어야 하는 그 길

바람 따라 구름 따라
향기 따라 인연 따라
길 떠난 자리

행복하더라

무궁화 꽃이 피었습니다

뒤돌아보아도 보이지 않고
잠시 멈춰 보아도 찾을 수 없다.

동백꽃 기다리며 뛰어본다

무궁화 꽃이 피었습니다

30층

문 열어 구름 만져보고 굴뚝 연기 바람 따라 사라진다

커튼 사이로 여명 밝아 오니 열린 마음 움직인다

오늘 왔네!
30층 보금자리

꿈속 공주 백마 탄 왕자 나타나 프러포즈한다

문 닫고 하늘 봐도 구름 되어 하늘 날은다

그림

꿈속 동화 그림 드려다 보니 마음 날개 폈더라
양파 껍질 벗긴 진실 알맹이 그려보니 양심 속
드려다 보더라

내 속에 나온 또 하나도 그림 놀이터 만들어
붓 들고 시작하는 마음 같다

세상 끝 맞이할 때 선물 되어 살아 웃고
붓 춤추며 그림 메아리 울려 그림을 그릴 수
있다는 건 진실의 알맹이를 끄집어내기 위한
수단일 뿐 숨 불어 넣는 도구가 되어 그 진실을
이야기해 준 그림

이별

내 속에 속삭 욕심
내 속에 사각사각 분노
내 속에 굼실굼실 욕망
이별하자

이 순간 이별 손가락 꺼내 들고
지나간 악습 이별 자락 간질간질
이별 남아 씻어버리고 과거노 분노도 거짓도
이별 종이배 싫어 떠나 보내자

선택

울음 먹고 있을 때 웃음 답 주리

슬픔 삼킬 때 웃음 폭발해보리

고독 피어오르고
아픔 밀려올 때 웃음 팔아 보리

선택할 줄 그어보리

맛

바람 코끝 스쳐 간다. 맛보라고

들꽃 향기 밀려온다. 맛보라고

잎 사이사이 물들어 가네! 맛보라고

억새꽃 고개 숙여 엿보며 맛보아라

이 마을 저 마을 가을 사랑 신맛 단맛 쓴맛
맛보며 살아가라고

세상 한복판

암흑 그곳 빛이 되어준
등대지기 있기에 볼 수 있었소

어둠 꽃 메아리 가슴 아려와도
세상 한복판 외로움 놀이하고 나면

밀려오는 강물 따라 수많은 밤 별 보러 떠나도
마음 한복판 기쁨 넣어주면 의식 춤추지

세상 한복판 어둠 봐야 빛 볼 수 있기에
깊은 마음 한복판 행복하다 하면
세상 한복판 빛 되어 있기에

가을걷이

알밤 껍질 속 내음 들여다보니
솜털 갈이 하더라

산수유 껍질 톡톡 건드려 보니
백옥 같아 보이네

송이버섯 집 짓고 흙집 무덤 뒤엔
가을걷이 마음 묻어 두네

마음속 가을걷이 천금 울려보니
자연이 준 금은보화 알아보지 못했네

황금 들판 청동 억새 은쟁반 개울 물소리
바람 소리 향기 따라 가보니 이곳이 천국이라

서 있는 이곳에서 가을걷이 풀어 보며
나 사랑하노라 숨 쉬고 있으니

가을걷이 앞에서

제목 : 가을걷이
시낭송 : 최명자
스마트폰으로 QR 코드를 스캔하면
시낭송을 감상할 수 있습니다.

의미

살아가다 보면 배꼽시계는 어느덧 내 나이다

가다 뒤돌아보면 주름 시계는 어느덧 나 모른다

잠시 쉬어가다 보면 어느덧 나 알아본다

가는구나 떠나는구나 아직도 알지 못한다
몰랐다 하지 말자

의미를 부여잡고 흔들어 보자꾸나.

살다 보면

살다 보면 떡볶이 맛 추억
있기에 핫도그 속 알맹이
궁금해지지

살다 보면 어묵 국물 맛 추억
있기에 김말이 속 알맹이
궁금해지지

살다 보면 이 맛 저 맛 궁금해지기
시작할 때 쯤 불그스레 양 볼
빨개질 때 있기에 사랑 그물망 속
궁금해지지

살다 보면 이 맛 저 맛 다 보았기에
내 속에 그리움 있기에 또 다른 내일
궁금해지지

존재

살다 보면 없이 고독해진다 존재의 이유 알기 위해

걸어서 떠나보면 요동치는 몸 채우려 한다
존재의 이유 알아버렸기에

해맑은 눈동자 눈높이 맞추며 의식한다 깨어나려구

작은 빈 의자 기다리고 있어도 앉아 있지 못함을 알아버렸다
존재 의지 깨달았기 때문에

살아서 죽는다는 건 나를 들려다 보고 분노
거짓 욕망 분장된 존재 비밀 알기에

속마음 건드려 들어가는 나이 앞에 내려놓자

변화

안개 속 밀려 마음 손 흔들어
보려 해도 눈 뜬 손가락
달려가는 갈대숲 작은 별자리

어디에 숨어 잠자는가
아득한 소쩍새야 일어나 걸어라

한숨 놀려 가는 끚 고드름 녹아내려
배가는 길 물 흐르듯 떠나보내리

울림

물새 울어 창가 두드리는
빗소리 가슴 여미며 찾아오는 소리

흐르는 물 내 곁에 속삭이는 고동 소리
울려주니 등대지기 마중 나와
참 빛 흐르는 나그네 되어준다

살짝쿵 마음 찾아온 옹달샘
촛불 킨 밤안개 소리 방울 열차 울려
뱃고동 풀잎 이슬 되어주려니

아련히 피어오른 감초꽃 싹 트인
한집 짖고 속내음 아른거리려나

어느덧 찾아온 가을 꽃잎 입맞춤
해주고 뒤엉킨 잎자락 한가지 물어
자리 찾아 주는구나

내 곁에 사랑
안아주라고~~~

나 위한 시간

고동치는 마음 잠시 머문 자리
헤아려 보려 하고 눈감아 보여지고
찾아드는 숨소리 들여다보려 한다

편히 앉아 쉴 곳 어딘가 돌려 가파른 언덕
고개 너머 뒤돌아보려 하니 나 위해 보낸 시간
얼마인가 눈물 엉켜 보아하니 가는 곳 없더라

찾아보고 만져봐도 나 위한 고백
빗소리 듣고 잠시 머물다 가는 시간

잡아주고 안아주고 흔들어 바람 날리듯
구름 흩어진 그 자리 주인공 되어진다

나 위한 시간 머물게 해주자
나 위한 시간 사랑해 주자
나 위한 시간 어디 있으랴 이 순간 간다면
나 위한 시간 죽는 그 날까지 얼마나 쓰고
지고 피고 가는가

꽃 청바지

꽃마차 청바지 주인 찾았네

유리구두 호박 넝쿨 어디에 숨었더냐

초가삼간 파랑새 내캉 놀아줄 청바지
꽃 따다 주려냐

기다린 손끝 솜털 사랑 놀자 하네

가는 그곳 본향 찾아든 소리새
꽃 잔치 되어주랴

눈을 감아 보니

눈을 감아 보니 마음이 숨을 쉬고

눈을 감아 보니 소리가 감미롭더라

눈을 감아 보니 자연의 말소리가 들리고

눈을 감아 보니 오감이 뛰어놀더라

눈을 감아 보니 내 속에 내가 있고

눈을 감아 보니 조화로운 색의 흐름 있더라

눈을 감아 보니 의식이 깨어나고 천공이

눈을 떠 보니 허무다 허무로 이 허무를 사랑하리

해바라기

노오란 빛내며 다가온 그대가 있어 고맙다

동그란 속 한알 한알 맛보게 한 그대가 있어 즐겁다

초록 나무로 툭툭 나온 잎들 소리 내어 주네
그대 있어 희망 있다

가을 사랑

노오란 가을 익어 가면 당신 있나요
쓰윽 나타나 등 뒤 꼬옥 안아 주나요

당신이 사랑하기에
가을 탱고 불꽃 되어 나타나 주세요

하얀 살 속 사랑으로 가을 숨 쉬나요

6월의 향기

가시 꽃 얼룩진 향기
심연 깊이 피어오른 새싹 같구나
파랑이 들꽃 쏟아지는
별 그림자 눈 아른거리게 한다

눈감고 새소리 느껴보고
귀 열고 들꽃 향 바람꽃 흐드러진
너울 눈동자 6월의 향기 입맞춤한다

하루

하루 산다면 꽃잎 몇 장인지 세워본다

하루 보낸다면 나뭇잎 촉촉함 만져본다

파도 타고 난황 속 움직임 토해본다

꽃 피고 질 때 뱃사공 나루터 한 아름
꽃 새 찾아 닐아간다

소리새

울렁이는 가슴 뒤엉켜
쌓인 눈 속 녹아내린다

흔들의자 누군가 자리 잡아
소리새 합창 맞이한다

나이아가라 폭포처럼

섞인 콩 상처로 골라주며 열정으로
고통 속 분노 씻어주고 뼈마디 마디
말하는 멍에 억압 분노 거짓 욕심
나이아가라 폭포처럼 흘러내린다

평화 기쁨 웃음 평온 전심으로
희망이 솟구치는 도구가 되어
흔들린다 나이아가라 폭포처럼

준비

죽음을 준비하며 살아본다면
이 세상 슬프지 않아본 일 어디 있겠는가
이 세상 고독하지 않은 게 어디 있겠는가
이 세상 죄짓고 살지 않은 이 어디 있는가

마음속 들켜 아리고 까실까실 하다 할지라도
새롭게 준비하자

혼자 떠나는 여행

훌쩍 떠나본다 어디론가 떠나는 그 자리 들꽃 소리
들려주고 뒤엉킨 소나무 사이 햇살 가득 찬 풀잎 연가
스치며 나팔거린다

느린 걸음으로 땅 아래 들어가 보니 바람 소리 스쳐
흐르는 물도 멈추게 하고 저문 들녘 너울진 나리꽃
별 잔치 베풀어준다

사노라면

향기 나는 꽃이고 싶다

말하는 벌이 되고 싶다

물어본다

사노라면

무엇을 가져가랴

무엇을 가져가랴 가는 그곳에
눈 감으면 그만인 것입니다

무엇을 놓고 가랴 고개 들어보는 그곳
눈 뜨고 땅 위에 서 있습니다

무엇을 남기고 가랴 마음 안에 그곳
숨 만들고 내면 숨 쉬고 사는 시금을
놓고 갑니다

마음 안에 있더라

살고 싶은 그곳 그려보니 마음 안에 있구나
가고 싶은 그곳 가보니 마음속 그림 되었다

물길 드려다 보니 하늘 모습 그대로 마음속
숨어 있다

인생 뭐 있나 나무 오른 다람쥐 되어 웃다
가다 보면 들에 핀 나리꽃 비파 되어
마음 안에 있다

묻지 마세요

지나간 일 일랑 묻지 말아요
앞으로 일 일랑도 묻지 말아요

오늘 같은 내일 친구 되어 눈빛
마주치며 별의 수만큼 보듬어 주고
묻지 마세요

추억있기에

어딜 가도 가는 그곳 발자국 되어 있다

걸어가는 그곳 그림자 노을 되어 있고
숨소리 낮춰 보아도 환하게 들어온다

추억 그곳 그 자리 주인 되어 파도 타며
등대지기 마음 한잔 초록빛 삼킨다

물레방아

아침이슬 초록 이름 모를 밤안개
세상 끝 어디에 놓아지나

들안길 속삭이는 비밀 꽃마차
무지개 만들어 연꽃 접시 만든다

돌담길 굽이 돌아 마중물 세월 담아
물레방아 돌려본다

산정호수

산허리 돌아 물소리 휘감고 옛길 오라 한다

뒤 마음 어디에 움트는가 아련히 피어오른
밤안개 산정호수 비취는 달빛 아련하다

불꽃

흔들어 눈 뜨는 세상 마음 그릇에 담아
불타는 영혼 꽃마차 태워주자

숨 쉬는 인생 가져갈 것 없기에
값진 인생 불꽃 되어 살아 보련다

바람의 새

바람 소리 귓속 맴돌아 세상 한 바퀴
돌아보니 마음 안 발자국 속삭이는
바람의 새 자리해 준다

기나긴 터널 동공 바람에 맡기고
새털 되어 날아간다

환희

춤추는 언덕 꿈속 먼 나라 공주
잎새 한 자락 삼킨다
이슬방울 환희로 달려온다

기억

갈피갈피 찾아든 바람 속 지우개

터질 듯한 가슴 위로받고 싶을 때
누군가 찾아와 내 이야기 들어주고
허전한 시간 걸어도 울어도 홀로
눈가 맺힌 아련함 누가 날 위로해줄까?

장미

꽃 속 숨겨진 비밀스런 향기 어찌 알까
꽃 속의 감춰진 보물 찾아가며 향기
짜릿한 가시 감춰진 색 포근히 안기고 싶다

장미꽃 가시야 곁에 있어 다오
떨리는 마음 기다리고 있기에 살포시
선물로 온 장미 향 담아본다

비 오는 밤

말없이 찾아온 그림자
그대 손길 여기 놓여진다

밤안개 황홀한 불빛 가져다준다

빗속 사이사이 숨 쉬는 우산
속 비밀도 비 오는 소리 젖어 든다

추억 그곳 그 자리 주인 되어 파도 타며
등대지기 마음 한잔 초록빛 삼킨다

겨울 여행

가볍게 떠난 그 길 빈 겨울 기다린다
아련한 과거 툭툭 내려놓고
홀가분하게 떠난다

눈 쌓인 자작나무 숲 솜털 털어
빈 마음 겨울 쌓인 눈 흔들어 본다

가시넝쿨

가시 향기 한 아름 담아 넝쿨 둥지 틀어
차곡차곡 쌓아둔다

빛바랜 가시넝쿨 땅 열고 나온다

누가 알랴 가시넝쿨 마음

가치

찾고 싶다 즐거운 세상 살아볼 만
한 세상 무엇하러 왔는가

깨어있는가
일어나 걸어라

꿈의 이정표

변화는 두려움을 동반하는 대신
삶을 위한 이정표가 되어준 한 척의
배가 항구에 파도가 밀려와도 항해한다

잠자는 영혼

우르렁 거리는 소리 흔들어 댄다

의식이 깨어난다

스쳐 지나가는 영혼은 풀잎에도 꿈틀
거리지 않는다

깨어나라 숨틀아 움직여 본나

지나간 사람들

울렁이는 옛 돌 두드려 헤엄쳐 지나갑니다

누가 뭐라 하나 누가 탓 하나 살아가는
비밀 다 다른 것입니다

몽땅 연필 되어진 뒤엉킨 옛 소리 다
지나가는 자리입니다

고독

눈물이 바다 되어 마음으로 흐르고 암흑이
잠자던 불씨 한 줌 불빛 되어도 아른거린다

텅 빈 숲 만지작거리며 칼바람 마주하고
고독이란 등불을 켜본다

눈이 왔어요

하얀 눈 쌓인 창밖 그림엽서 한 장 그려준다

눈 덮인 골짜기 시골 장터 뻥 하는 소리
장국밥 소올 솔 몰아치는 설은 김 감추며
온몸 쌓인 눈 마주한다

나뭇가지 소복 쌓인 한 지붕 고드름
녹아내리며 눈이 왔어요 말해준다

누군가 그리운 날

누군가 그리운 날 진한 커피 한 잔 한다면

세상 인연 털어놓고 묻어둔 한 맺힌 이야기
솜털 같은 짝사랑 털어놓고 그리운 그 날
비밀창고 열어 놓다

누군가 만나 나 이런 사람이오
녹여줄 그대 그리운 그 날 기다려진다

그림자

스며들어온다
어느 땐 길게 모양 갖추고 어느 때는
짧게 다가와 그림자가 되어 내 것으로 온다

변덕스런 그림자는 소리 없이 다가온다

사람들

좁은 길목 사이로 스쳐 지나간다

서로를 모른 체하고 제 갈 길 가다
눈 마주치며 인연 만들어간다

무의식에서 끝없이 그리워한다
사람 소리들을

쑥대밭

이보다 더하랴 한숨 소리 메아리치고
흐트러진 상한 영혼 죽음 앞에 놓여진
허수아비도 고개를 든다

허비한 시간 쑥대밭에서 간질거린다

동네 빵집

동그란 탁자 모퉁이 주인 되어
우유 한 잔 노란 치즈 흰 치즈
양파 마요네즈 들어있는 샌드위치
뱃속에 넣어 흐트러진 벽 사이
바람도 좋구나

길모퉁이 작은 빵집 웃으며
맞이해 주네 앉으라고

물은 흐른다

새날 새 아침이 왔다

창공이 열리고 하늘 별빛도 무지개
향연 푸르름도 새 빛 새날을 준비한다

자연의 이치와 인간의 조화가 합쳐질 때
구름도 바람도 물이 되어 흐른다

추억

아팔레치아 산맥 퀘벡에서 시작된 거대한
용광로를 따라 별이 되어가 본다

조지아 한복판 바람과 함께 사라지다
작가가 쓰던 탁자에 앉아 본다

목화밭 오두막집 케빈아저씨 진한 커피
추억이 그려선 그 자리에 남겨진다

세월

파도 소리 잠겨보고 눈 오는 언덕 담쟁이
초록빛 줄 내리고 작은 오두막집 곰팡이가
코끝을 아련하게 스친다

소통

버들강아지 움트고 살얼음 사이로
흐르는 물 입가에 다가온다

잠자는 개구리 숨 쉬러 나와 화들짝
숨어 버리고 얼음 땅 타고 나온 냉이 나무
움트려 가지 물오른다 소통 하자며

틈새

정선아리랑 열차 속 몸이 간다
맥주 오징어 연신 기차 칸을 헤집고 다닌다
제천 즈음 홍조된 얼굴 부풀어 있었다

도착한 정선역 노부부 한쪽 발 저는 할머니
할아버지를 지탱하며 걷고 있다

몇 번 돌아 마주치는 노부부 퉁명스러운
말소리로 서로를 즉시 해도 여전히
한 손은 할아버지 것이다

서울 가는 기차 속 앞자리 틈새 보이는
두 손 노부부였다

누군가

생각하지 않으려 시선을 옮겨보고
마음을 채찍 하며 잊어보려 애쓰며
묻어두고 내 안의 고독을 만들어
자아를 슬프게 하고 싶지 않기에
이유를 만들어 소박한 나를 울려낸다

나는 누구인가

봄날 찾아온 봄비

새날이 왔다

냉이 쑥들이 부른다 함께 하자고
아지랑이 언덕 고개 넘어 보자고

아련한 마음 녹아내려 한줄기 빗소리
활짝 핀 벚꽃 밤이슬 담겨진 초승달
불태우던 봄비 소리로 젖어 든다

장기자랑

그림을 그리고 시를 쓰면서 춤추는
연가를 부른다

갈망하는 내 안의 움직임 연민을
느끼고 오묘한 나를 밝힌다

짝사랑

입술 속 달고나 당신 만나 속 타는구나

이슬방울 한 바구니 당신 그리워 머문다

언덕 위 하얀 집

저 푸른 언덕 위 하얀 집 자목련 앞마당 향기
뒤 담길 라일락 바람꽃 솔잎 되어 밤나무
언덕 넘었다

창문 넘어 앞산 작은마을 초롱불 별 뒤엔
벽난로 타오르는 굴뚝 흔들거린다

언덕 위 하얀 집 그리워질 때

갈등

산 넘어 초막길 땅끝 찾아 밀려오는 세월

밤톨 까실거린 밤안개 초록 이슬 나비춤
어디로 가야 하나

새벽 노을 바람불어 까망새 버들피리
찾아와도 갈 곳 없는 돌무덤 파도 탄다

할미꽃

너울진 식구 만들어
한솥밥 먹고 배부르다
쉬고 있으니 어찌
행복한 낱알 영글어 가는구나

세상 맛보러 나와 늘어나는
식구들 보듬어 가려니
어이 허리가 구부러지는구나

푸른 들 빛 함께 하자며
치마폭 넘실넘실
꾸려 가자 하는구나

고무신

아우 고무신이다. 우리 어릴 때 신었던

검정 고무신 언제 흰 고무신 사주려나

언제부터인가?
어릴 적 추억 몸속 간질간질 끄집어낸 고무신

한 땀 그리움으로 누군가 찾아줄 빈 의자
찻잔 가지런히 온 마음 그대에게 전하리
고무신 꽃신 되어 날아가

주인 찾았네

황기

한줄기 꽃내음 어긋난
가지 위 토닥토닥
모여 손가락 탁탁
터지며 말하네

긴 뿌리 언제나
나오려나 알아봐
날라고

꽃 사랑 잎 사랑 땅속
뿌리 기쁨 주네
네 곁에 있어 준다고

콩 콩 콩자루
아롱 자롱 다롱
속자랑
톡 톡 터트린
황갈 자루 피고 지고
싸리나무
아카시아 닮았다
친구 하자네

내 삶의 연출가 카메라

모든 걸 알고 있는
숨겨진 사랑
비밀스러운 그곳
마음 자극하며
너에게 맡겨 두었네

렌즈 안 어둠과 외로움
과거 현재 미래를
간직한 너
드디어 세상 나왔네

눈 안에 뭐가 보일까?
눈 뒤에 뭐가 있을까?
눈 안에 뭐가 들어 있을까?
눈 속에 무얼 간직할까?

내 인생 담아
영화 속 주인공으로
남겨진 카메라는
내 삶의 연출가라네

제목 : 내 삶의 연출가 카메라
시낭송 : 박태임

스마트폰으로 QR 코드를 스캔하면
시낭송을 감상할 수 있습니다.

연꽃

저무는 하늘 낮달처럼 내게 와 머문다
소리 없이 돌아가는 사랑하는 사람이여

흙탕물 연꽃 뿌리를 내리고 살지만
꽃잎에는 이슬 내려진 투명한 꽃이다

들국화

잎새에 이는 바람에도 그리워하고
꽃잎의 영혼을 가지고 꽃 속의
잔치를 하며 세월을 말하며
들꽃 되어 허허벌판 변방의 주인공

모든 것에 잠시 멈추고 계절을 이겨낸
생명의 꽃이 되어 눈물의 고드름을 녹여
포켓 속에 향기로 들어와 하얗게 쏟아지는 들국화

옛 살비

복사골 휘돌아 나가는 꽃가람 옛이야기
물굴은 꽃가람 타고 어디 갔나먀는
흐노니한 마음 복사꽃처럼 피어
빛의 새가 머무는 뫼 에움 자드락길
걷는다.

미리내의 은가비가 에워싼 푸실
이슬 머금은 땅에 숄내음 불이오고
미르마루뫼 끝자락 언덕 위에서
노고지리가 노래하며 포롱거린다
봄바람 부는 큰돌에 앉아 누리보단
꿈꾼다.

하울마루 아래 미르 눈 방죽내는 흐르고
늘솔길 따라 달그림자 윤슬에 일렁인다
온누리 안겨준 나난구리 초아 찾아온 샛별
내 옛살비 방죽내라네

꽃가람 : 꽃이 있는 강 / 물굴 : 청풍면 물태리 물에 잠긴 뜻
흐노니 : 누군가 몹시 그리워하다 / 뫼 에움 : 에움길(굽은길)
자드락길 : 나지막한 산 기슭의 비탈진 땅 /
빛의새가 머무는 : 비봉산자락 날개펴진 새의 모습
맛조이 : 영접하는 사람 / 은가비 : 은은한 가운데 빛을 밝힌다
미리내 : 은하수 / 푸실 : 풀이 우거진 마을 / 솔내음 : 솔잎 향기
미르마루뫼 : 용의하늘 / 노고지리 : 종달새
포릉거리다 : 작은새가 가볍게 짧은거리를 자꾸난다
누리보단 : 누리는 온세상에서 / 하올마루 : 울창한 숲과 하늘
미르눈 : 용의 눈 / 늘솔길 : 언제나 솔바람 부는 길
윤슬 : 달빛이나 햇빛에 비치어 반짝이는 잔물결
온누리 : 온세상 / 초아 : 초처럼 자신을 태워 세상을 비추는 사람
샛별 : 금성의 순우리말 (금성면에서 태어난 작가의미)
옛살비 : 고향 / 방죽내 : 제천의미

내 속의 나

나는 나를 슬퍼하지 않게
나는 나를 고독하지 않게
일으켜 세운다

살 바람 언덕 쉬는 고개 위를
때론 걷게 해주고
때론 쉬게 해준다

나는 나를 바라보며 잘했다 말하고
가슴안아 함께 울어주고
아픈 나를 일어나 걸으라 해주고
슬픈 나를 미소로 위로해 준다.

잘살고 가라고 잘살다 가라고
그런 나를 알아 주는 나였다

제목 : 내 속의 나
시낭송 : 박영애
스마트폰으로 QR 코드를 스캔하면
시낭송을 감상할 수 있습니다.

사랑의 마음

그대가 돌 같은 나를 깨워
산처럼 한결같은 마음으로
사랑을 알게 하고
여자로 만들어 놓았다

그대가 바다 같은 사랑으로 나를 깨워
봄 햇살 품으로 보듬어
정을 알게 하고
행복을 일깨워 주었다

그런 그대가
단단한 돌 같은 마음으로 돌아서고
민물처럼 다가와 발자국 남겨놓고
썰물처럼 흔적 없이 떠나간다

제목 : 사랑의 마음
시낭송 : 박순애

스마트폰으로 QR 코드를 스캔하면
시낭송을 감상할 수 있습니다.

인생은 시계처럼 돌고

살 에는 듯한 삶의 골목길에 서서
고개를 들고 푸른 하늘을 바라보니
인생은 돌고 도는 계절과 같고
쉼 없이 돌고 도는 시곗바늘과 같더라

자드락길 굽이돌아 눈 맞춤 없이 떠난 임
그리워 하염없이 서럽게 엉엉 울었다
소슬바람 타고 낙엽처럼 바삐 띠난 임은
돌아오지 않고 그리움은 한(恨)이 되었다

상처는 아물고 인생이 감처럼 익는 지금
임은 떠날 때의 모습으로 가슴에 자리하고
흔들림 없이 뚜벅뚜벅 걷는 시곗바늘처럼
오늘도 그리운 임을 위해 탑돌이를 한다

얼어있는 내 마음을 임은 입김으로 녹이고
왔다 갔다 하는 시계추는 마음의 얼음장을 깬다
한 번 가면 올 수 없는 시계추에 입맞춤하며
강처럼 흐르는 인생은 시곗바늘처럼 돌고 돈다

제목 : 인생은 시계처럼 돌고
시낭송 : 박영애
스마트폰으로 QR 코드를 스캔하면
시낭송을 감상할 수 있습니다.

꽃이어라

어디쯤 피어 작은
아리꽃 속 마음 드러낼까?

여울진 꽃 뜨락 향기 소리
메아리 맞춰 춤추고 있을까?

눈뜬 그 자리 꽃망울 밝혀
한여름 밤 꿈같은 별 이야기
듣고 있을까?

불러줘 봐 느껴보게나
꽃 되어 나비 집 지어보게나
꽃이어라 하며

화려한 유혹

조미경 시집

초판 1쇄 : 2017년 7월 28일

지 은 이 : 조미경

펴 낸 이 : 김락호

표지 삽화 그림 : 조미경

디자인 편집 : 이은희

기 획 : 시사랑음악사랑

인 쇄 : 청룡

연 락 처 : 1899-1341

홈페이지 주소 : www.poemmusic.net

E-Mail : poemarts@hanmail.net

정가 : 15,000원

ISBN : 979-11-86373-80-4